Titre original :
ANNE FREAKS, volume 2

First published in Japan in 2001
by Kadokawa Shoten Publishing Co., Ltd., Tokyo.
French translation rights arranged with
Kadokawa Shoten Publishing Co., Ltd.,Tokyo,
through Tohan Corporation, Tokyo.

French translation rights : Pika Édition.

Traduction & Adaptation : Ken Kuriki
Création d'illustrations : Marcel Couchaux

ISBN : 978-2-84599-876-6
Dépôt légal : juin 2008
Imprimé en Allemagne par GGP Media GmbH, Pößneck
Diffusion : Hachette Livre

YURI SUPPORTERA-T-IL L'ABSENCE D'ANNE ?
ANNE DEVRA-T-ELLE CHOISIR UN CAMP ?
UN TOURNANT DÉCISIF :
L'INFILTRATION DE YURI ET DE MITSUBA AU SEIN DE L'ORGANISATION !
Toutes les réponses dans le volume 3 de...
Anne•Freaks

ANNE, YURI ET MITSUBA SE RETROUVENT ENTRE...
DES AGENTS DE LA SÛRETÉ PUBLIQUE, DES MEMBRES ET UN EX-MEMBRE DE L'ORGANISATION...
ON Y VA !
QU'ATTENDENT-ILS D'EUX EXACTEMENT ?

Remerciements

Katsuki AIBA
Fumiko TOMOCHIKA
Kôji HASHIGUCHI
Noriko TAKAHASHI
Momo SHIMIZU

Masayoshi TASHI

Yamaneryô
Kamekiyo
Masashi MOTEGI

Genki MIYOSHI
Jun YANAGISAWA
Takayuki YAMAZAKI

Yukiko NISHIKAMA
Emika ONIZUKA

Rui KOTEGAWA

WIIIN
CLING
MAINTE-NANT !
OUAIS !
RAAASH
ON Y VA !
À suivre...

MITSUBA...
ILS SONT LÀ !
ILS LES ONT CONTACTÉS...
ON Y VA, YURI ?
OUAIS.
AH, L'ASCENSEUR ARRIVE !
OU-IIIN !
OU-IIIN !
WIIIN

OU-IIIN !
CHU-UUT !
CALME-TOI !
ELLE VIENT DE METTRE QUELQUE CHOSE...
DANS MA POCHE ?
IL PLEURE TROP...
SORTONS D'ICI.
D'ACCORD.
OU-IIIN !
CHERS CAMARADES...
REJOIGNEZ NOTRE ORGANISATION...

OU-IIIN !
OU-IIIN !

BROUHAHA
ÏL EST LONG CET ASCENSEUR...
OUIN...
OUAÏS.
!
OUIN...
CHUT ! ALLONS...
OUIIIIN...
OU-IIIIN...
ALLONS... NE PLEURE PAS...
OU-IIIN !
OU-IIIN !
TAC
OU-IIIN !

CE SONT DE DANGEREUX CRIMINELS QUI ONT TUÉ SEIZE PERSONNES !
PEUT-ÊTRE BIEN...
MAIS...
CE N'EST PAS UNE RAISON...
POUR QUE DES ADULTES MANIPULENT CES ENFANTS !
JE VEUX SAUVER...
CES ENFANTS !

MITSUBA...
C'EST POUR VENGER TON PÈRE ET TA SŒUR QUE TU FAIS ÇA ?
ALLEZ...
PARTEZ D'ICI !
VOUS ALLEZ AVOIR DES PROBLÈMES, SHÔNO-SAN...
ET VOUS DEVREZ EN ASSUMER LES CONSÉQUENCES !

TU T'ES VRAIMENT ENFUI PARCE QUE TU AS EU PEUR D'ANNE ?
LA DERNIÈRE FOIS...
LORSQUE JE VOUS AI VUS TOUS LES DEUX...
JE VOUS AI TROUVÉS TRÈS PROCHE L'UN DE L'AUTRE...
JE SAIS QUE VOUS ALLEZ COOPÉRER...
MAIS JE SAIS AUSSI QUE VOUS N'ALLEZ PAS SEULEMENT TÉMOIGNER AU TRIBUNAL...
GRIP
TU ES CONSCIENT DE CE QUE TU FAIS ? C'EST TRÈS RISQUÉ, TU SAIS ?
ON T'A FORCÉ, N'EST-CE PAS ?
JE... JE...
NOUS L'AVONS DÉCIDÉ TOUS LES DEUX.
Jetski
NE VOUS EN MÊLEZ PAS !
S'IL VOUS PLAÎT, SHÔNO-SAN...
ALLEZ-VOUS EN, S'IL VOUS PLAÎT !
BAM

DIEU MERCI !
JE VOUS AI ENFIN TROUVÉS !
SHÔNO-SAN ! VOUS N'AVEZ PAS LE DROIT...
LAISSEZ-MOI LEUR PARLER !
DAM
...
LOOK
YURI...
DOOM

TCHAK
TCHAK
TCHAK
LA BOUFFE EST BONNE, ICI !
MIAM MIAM
...
QU'EST-CE QUI T'ARRIVE ? TU N'AS PAS RÉUSSI À DORMIR ?
EUH... OUAIS...
MOI, J'AI TROP BIEN DORMI !
CHAIS PAS POURQUOI...
JE SUIS CONTENT QU'ON PUISSE ENFIN FAIRE QUELQUE CHOSE...
FRANCHEMENT, AUX CÔTÉS D'ANNE, JE M'ENNUYAIS...
JE N'AI PAS L'HABITUDE DE RESTER SANS RIEN FAIRE.
TAP
!
DAM

...
TU ES...
VRAIMENT REDOUTABLE !

TU N'ES PAS ENCORE COUCHÉE...
ANNE... ?
NON...
TU AS L'AIR ANXIEUSE...
TU T'INQUIÈTES POUR YURI ET MITSUBA ?
...
DIS-MOI, ANNE...
TU N'ES PAS SI BÊTE...
TU AS TUÉ CES YAKUZA...
EN SACHANT QU'ILS ALLAIENT S'EN PRENDRE À MOÉ, HEIN ?

J'AI PEUR !
ANNE...
J'AI PEUR !

HÉ !
!
HEIN... ?
AH...
...
?
QU'EST-CE TU FOUS ?
T'ES TOMBÉ DU LIT OU QUOI ?
EUH... OUAIS.
C'EST JUSTE UNE HALLUCI-NATION...
MAIS C'EST LA PREMIÈRE FOIS QU'ELLE EST VENUE SI PRÈS...

MAM...
!
PLAFF
BLAM
YURI...
?!
QU'EST-
CE QUI
T'ARRIVE
?
DAM

SILENCE
JE VAIS PRENDRE UN BAIN...
OK !
BLAM
EST-CE QUE C'ÉTAIT VRAIMENT UNE BONNE IDÉE... ?
SANS ANNE, JE ME SENS SI SEUL...

VOUS ALLEZ RESTER ICI UN MOMENT.
VOUS POUVEZ FAIRE CE QUE VOUS VOULEZ, MAIS VOUS N'AVEZ PAS LE DROIT DE CONTACTER ANNE...
JE VOUS LAISSE AUSSI TROIS DE MES HOMMES...
MAIS NE VOUS INQUIÉTEZ PAS, ILS VOUS SURVEILLENT DE LOIN.
AINSI, LES HOMMES DE L'ORGANISA-TION POURRONT S'APPROCHER DE VOUS...
POUR VOUS INCITER À LES REJOIN-DRE...
UNE FOIS QU'ILS L'AURONT FAIT, FONCEZ ET SEMEZ LA POLICE.
ENSUITE, NOUS VOUS RECONTACTE-RONS PLUS TARD...
REPOSEZ-VOUS BIEN, BONNE NUIT !
BLAM

ELLE EST REDOUTABLE, CETTE FEMME...
HEIN ?
SI J'AI BIEN COMPRIS, ELLE LAISSE ENTENDRE QU'ANNE PEUT ÉVENTUELLEMENT TUER LES HOMMES DE L'ORGANISA-TION, N'EST-CE PAS ?
OUAIS.
LE VÉRITABLE BUT DES AUTO-RITÉS...
C'EST DE LAISSER LES BÊTES S'ENTRETUER !
HOTEL NEO JAPAN
TÔT CE MATIN, LA POLICE A RETROUVÉ LE JEUNE GARÇON, SAIN ET SAUF, IMPLIQUÉ DANS L'AFFAIRE DE MEURTRE À KYOTO...
L'ADOLESCENT EN QUESTION EST LE FILS D'UN DES DIRIGEANTS DE KAKUSEISHA, ET IL AFFIRME AVOIR ÉTÉ ENLEVÉ PAR UN INDIVIDU QUI S'OPPOSE À L'ACTIVITÉ DE L'ORGANISATION.
IL A PROFITÉ D'UN MOMENT D'INATTENTION POUR S'ENFUIR...

JUSQU'À CE JOUR, TU NE DOIS PLUS TUER PERSONNE QUI NE SOIT PAS MEMBRE DE KAKUSEISHA.
COMPRIS ? RESPECTE BIEN CES CONDITIONS !
JE VOUS TIENDRAI INFORMÉS PERSONNELLEMENT...
FAISONS DE NOTRE MIEUX.
BROOM

VOICI MES CONDITIONS...
TOUT D'ABORD, YURI ET MITSUBA, VONT JOUER LE RÔLE D'ES-PIONS...
ET DOIVENT SE RENDRE À LA POLICE...
ENSUITE ANNE...
COMME TU ES MINEURE, MÊME SI ON T'ARRÊTAIT ON NE POURRAIT PAS T'INCARCÉRER...
MAIS ON NE PEUT PAS NON PLUS TE LAISSER EN LIBERTÉ...
UNE FOIS QUE CETTE AFFAIRE SERA TERMINÉE...
J'EXIGE QUE TU TE LIVRES À LA POLICE.

OH !
YURI !
MITSUBA !
ATTENDEZ ICI, LE COMMISSAIRE NISHIKAMA SERA LÀ DANS UN INSTANT.
D'ACCORD !
BAM
ÇA S'EST BIEN PASSÉ ?
OUAIS...
NICKEL !
MAIS...
JE ME SENS UN PEU MAL...
D'AVOIR TOUT MIS SUR LE DOS D'ANNE !
BAH, ON N'AVAIT PAS LE CHOIX, C'ÉTAIT SES CONDITIONS...

SHÔ-CHAN...
JE COMPTE SUR VOUS POUR LA SUITE DE L'ENQUÊTE SUR ANNE.
ET PUIS, NE SOYEZ PAS SI NÉGATIVE À PROPOS DE VOTRE CHEF...
LE MOIS DERNIER, VOUS AVEZ DÉSOBÉI À SES ORDRES...
ET IL PARAÎT QU'IL S'EST FAIT ENGUEU-LER PAR SON SUPÉRIEUR, LE PAUVRE...
...
TAP
TAP

ILS VEULENT COOPÉRER AVEC NOUS !
CE SERA UN GRAND AVANTAGE POUR NOUS !
GRÂCE À EUX, ON VA ENFIN POUVOIR DÉMANTELER L'ORGANISATION.
PARDON ?
DÉSORMAIS, CES DEUX JEUNES GARÇONS SONT À NOUS.
ÇA VOUS CONVIENT, OFFICIER SHÔNO ?
CHEF !
POURQUOI VOUS LES LAISSEZ FAIRE ?!
LES AGENTS DE LA SÛRETÉ PUBLIQUE ONT LEUR PROPRE FAÇON DE TRAVAILLER...
ON NE PEUT PAS INTERVENIR !
MAIS UTILISER DES GAMINS POUR LEUR ENQUÊTE...
C'EST BEAUCOUP TROP RISQUÉ !

IL SEMBLE N'Y AVOIR AUCUN DOUTE, LA MÈRE DE YURI KITAGAWA S'EST SUICIDÉE.
LES RÉSULTATS DE L'AUTOPSIE LE PROUVENT.
CRAIGNANT D'ÊTRE DÉCOUVERTS PAR LES MEMBRES DE KAKUSEISHA...
ANNE S'EST DÉBARRASSÉE DU CORPS. DE MÊME POUR LE MEURTRE À KYOTO...
MITSUBA MAEZONO AFFIRME QU'ANNE A TUÉ CES HOMMES POUR LE SAUVER...
ILS ONT SUIVI LA FILLE, MAIS ILS ONT EU PEUR ET ONT DÉCIDÉ DE SE RENDRE À LA POLICE.
LEURS DÉPOSITIONS CONCORDENT PARFAITEMENT.
CE SONT EUX ÉGALEMENT QUI ONT STOPPÉ L'ATTENTAT DANS L'ÉCOLE PRIMAIRE.
...
TOUS LES DEUX PROPOSENT DE COOPÉRER AVEC NOUS...
ET DE NOUS DONNER DES INFORMATIONS CONCERNANT L'ORGANISATION.
Y A QUELQUE CHOSE QUI CLOCHE...
POURQUOI TOUT À COUP SE RENDRE À LA POLICE ?
CES DEUX-LÀ VONT CERTAINEMENT ÊTRE REMIS EN LIBERTÉ !

TU TE RAPPELLES DE MOI, YURI ?
NOUS NOUS SOMMES VUS L'AUTRE JOUR À KICHIJÔJI.
JE M'APPELLE SHÔNO.
OUI, JE ME SOUVIENS.
DOOM DOOM
TOUT D'ABORD...
J'AIMERAIS TE POSER QUELQUES QUESTIONS À PROPOS DE TA MAMAN...

ALLEZ...
ENTREZ !
TOI, YURI, PAR LÀ !
ET TOI, MITSUBA, PAR ICI.
OK...
BIEN...
ASSIEDS-TOI...
TU VEUX BOIRE QUELQUE CHOSE ? UN CAFÉ, ÇA TE VA ?
BLAM
OUI, MERCI.

きのうの交
死亡
人
おもいやり
人に車に　この街に
TAP TAP
JE LE SENS MAL, CE PLAN !
TAP TAP
CRII

TU ES YURI... ?
ET TOI, MITSUBA ?
OUI...
BON-JOUR...
OÙ EST ANNE ?
NOUS NOUS SOMMES ENFUIS...

OÙ ÊTES-VOUS ?
D'ACCORD, J'ARRIVE TOUT DE SUITE !
DAM
SURTOUT, RESTEZ SUR PLACE !
INSPECTEUR KOMINATO...
APPELEZ LE COMMISSAIRE NISHIKAMA... C'EST URGENT !
TCHAC
PREMIÈRE ÉTAPE TERMINÉE !
C'EST QUAND MÊME STRESSANT, TU NE TROUVES PAS ?

DRIIING
OUI...
DÉPARTEMENT ANTI-TERRORISTE CHARGÉ DE L'AFFAIRE KAKUSEISHA !
EUH...
GRIP
OUI, JE VOUS ÉCOUTE ?
NOUS SOMMES YURI KITAGAWA ET MITSUBA MAEZONO...
!!

Chapitre 12
[Les fugitifs 6]

AAH
!
...
UHHH...

Chapitre 12
[Les fugitifs 6]

INTÉRESSANT, VOTRE PLAN...
POURQUOI REFUSER... ?!
LE BUT QU'ON POURSUIT EST SANS NUL DOUTE LE MÊME...
ÎL EST ÎNTERDIT DE FUMER ÎCI !
OH, ÇA VA, SALE PASTEUR !
SACRÉE POITRINE !
J'PEUX PAS LUTTER !
MAIS...
MOI AUSSI, J'AI QUELQUES CONDITIONS.

ALORS, C'EST TOI, ANNE ?
ENCHANTÉE !
COMMISSAIRE NISHIKAMA !
EH BIEN... COMMENT CROIRE QU'UNE RAVISSANTE JEUNE FILLE COMME TOI...
PUISSE TUER DES GENS !
PASSONS...
JE NE SUIS PAS VENUE ICI POUR FAIRE LA MORALE !
TAC

BLAAAM
AAAH, D'AC-CORD !
JE ME DOUTAIS QUE C'ÉTAIT VOUS QUI LES CACHIEZ !
EUH... HAHA...
SALE PASTEUR !
DES TÉMOINS ONT VU UNE MITSUBISHI SUSPECTE DANS LES ALENTOURS DE KICHIJÔJI...
J'AI VITE FAIT LE LIEN AVEC VOUS...

LAISSE-MOI FAIRE ANNE.
YURI...
MOI AUSSI, JE VAIS VOUS AIDER.
MOÉ !
ÇA ME DIT RIEN DE ME FAIRE TUER PAR LES YAKUZA...
SANS METTRE UN TERME AVEC LE KAKUSEISHA.

MOI, JE SUIS PARTANT !
!
TAC
MOI AUSSI !
J'EN AI UN PEU MARRE DE RESTER LÀ SANS RIEN FAIRE...

ENVOYER YURI OU MITSUBA AU SEIN DE KAKUSEISHA... ?
ET RÉCOLTER DES INFORMATIONS QU'ON TRANSMETTRA AUX AUTORITÉS...
JE SUIS SÛR QUE ÇA LES INTÉRESSERAIT...
ET COMME ÇA, ON POURRAIT ÉGALEMENT OBTENIR DES INFOS DE LA POLICE !
J'AIME PAS TROP CETTE IDÉE...

PENDANT CES DIX DERNIÈRES ANNÉES, LE GROUPE S'EST RESTRUCTURÉ...
MAIS JE PENSE QUE LES LEADERS SONT TOUJOURS LES MÊMES.
CEUX QUI AGISSENT SONT DES JEUNES COMME VOUS, VOIRE UN PEU PLUS ÂGÉS...
ILS NE RECRUTENT QUE DES GENS QUI ONT UN LIEN DE PARENTÉ AVEC LES MEMBRES DÉJÀ EXISTANTS.
C'EST POUR CELA QUE LES AUTORITÉS NE PEUVENT PAS ENVOYER D'ESPIONS.
CEUX QUI PEUVENT S'Y INFILTRER...
SONT LES PERSONNES QUI ONT UN LIEN AVEC L'ORGA-NISATION.
VOUS VOULEZ DONC...

JE NE SUPPORTE PAS QUE L'ORGANISATION CONTINUE D'EXISTER.
MAINTENANT, IL FAUT S'ATTAQUER DIRECTEMENT À SES DIRIGEANTS...
IL EST INUTILE DE S'EN PRENDRE AUX SECONDS COUTEAUX !
J'AI ÉLABORÉ UN PLAN QUI PERMETTRA D'ANÉANTIR L'ORGANISATION SANS TUER PERSONNE.
ÇA NE VOUS INTÉRESSE TOUJOURS PAS ?
NOUS, SI !
OH !

TU CHERCHES DONC À TE VENGER ?
ET VOUS ?
VOUS ASSUMEZ CE QUE VOUS AVEZ FAIT ?
POURTANT VOUS SAVEZ QU'ILS VOUS ONT MANIPULÉ...
ILS VOUS ONT FAIT FABRI-QUER CETTE BOMBE...
ILS ONT TROMPÉ AUSSI MA FEMME ET MA FILLE QUI ONT TRANSPORTÉ LA BOMBE.

MOÉ...
VOUS SAVEZ MAIN-TENANT QUI JE SUIS.
MA FEMME ET MA FILLE SONT MORTES À CAUSE DE LA BOMBE QUE VOUS AVEZ FABRIQUÉE.

C'EST À LA SUITE DE CET ATTENTAT QUE J'AI QUITTÉ L'ORGANISATION...
JE VOIS...
TIENS...
QU'EST-CE QUE VOUS FAITES, MOÉ-SAN ?
!
!
FYU

DE MA FEMME ET DE MA FILLE...
COMMENT SONT-ELLES MORTES ?
TU AS ENTENDU PARLER DE L'ATTENTAT TERRORISTE COMMIS PAR LE KAKUSEISHA...
LA BOMBE QUI A EXPLOSÉ DANS LE HALL DE L'AÉROPORT HANEDA...
EH BIEN, MA FEMME ET MA FILLE S'Y TROUVAIENT CE JOUR-LÀ.

NOUS NOUS SOMMES INSTALLÉS DANS CETTE ÉGLISE...
LA JOURNÉE, LE PASTEUR TRAVAILLE...
ET PARFOIS, MITSUBA ET MOI, NOUS L'AIDONS...
CE SONT LES TOMBES DE QUI ?

J'AI FAIT QUELQUE CHOSE DE MAL ?
...
...
J'AI FAIM !
EUH... QU'EST-CE QUE TU VEUX QU'ON TE PRÉPARE ?
HA HA HA
DES CREVETTES À LA SAUCE PIMENTÉE ! ♡
DES CRE... CRE-VETTES ?
...
JE VAIS VOUS AIDER, LE VIEUX !
ET SANS Y ÊTRE CON-TRAINTS...

MAIS JE SUIS PRÊT À SACRIFIER MA VIE...
ET MÊME À TUER S'IL LE FAUT.
CLICK
!
EXCUSEZ-MOI...
ANNE S'EST RÉVEILLÉE !

LIBRE ?
TU PLAISANTES... ?!
LES HAUTS DIRIGEANTS DU CLAN USUBA VONT CERTAINEMENT S'EN MÊLER !
LES YAKUZA SONT TELLEMENT ATTACHÉS À LEUR RÉPUTATION.
J'IGNORE MÊME SI TAKANAMI S'EN SORTIRA VIVANT.
SI VOUS N'AVEZ NULLE PART OÙ ALLER, VOUS POUVEZ RESTER ICI, VOUS SAVEZ.
T'EN MÊLE PAS...
TU TE FERAIS TUER TOI AUSSI.
ON QUITTERA CE LIEU DÈS QU'ANNE SE RÉVEILLERA.
DAM
MOÉ...
JE NE SUIS PEUT-ÊTRE PAS UN ANGE...

VOUS POUVEZ VEILLER SUR ELLE ?
HEIN ?
O... OK.
COMMENT VA-T-ELLE ?
ÇA VA, ELLE S'EN SORTIRA...
C'EST DANS LE JOURNAL, VOUS SAVEZ...
HUIT CADAVRES DE YAKUZA, LE CHEF INCLUS...
ET AUCUN TÉMOIN...
TAP
DÉSORMAIS, VOUS ÊTES LIBRE NON ?
TAC

ELLE A FAIT TOUT ÇA POUR MOÉ-SAN...

BROOOM
PIN PON
PIN PON
PIN PON
DAM
MOÉ !
KIIII
望月
MONTEZ !

GRIP
PIN PON
PIN PON
VA-T'EN PAR LA PORTE DE DERRIÈRE !
PIN PON
PIN PON
PIN PON
ALLEZ, CASSE-TOI !
ET JE NE VEUX PLUS JAMAIS VOUS REVOIR !
PIN PON
PIN PON
DÉSOLÉ.
PIN PON
TAP

TAP TAP TAP
!
!
MOÉ...
QU'EST-CE QUE TU FOUS LÀ ?!
!
CRIIIK
...

FYUN

ANNE... ?
AH...
MOÉ...
SEULE CONTRE TOUS, CE N'ÉTAIT PAS ÉVIDENT...
!

アズマビル
ビデオ
TAP
TAP
TAP
TAP
CRIIK

SHAAA
!
BAM
OUAH !
OÙ EST-CE QUE VOUS ALLEZ COMME ÇA ?!
DÉGAGE !
TAP
QU'EST-CE QUI SE PASSE ?
EUH...
ON NE SAIT PAS VRAIMENT...

OÙ EST PASSÉE ANNE ?
JE NE SAIS PAS...
ELLE NOUS A DEMANDÉ DE PRÉPARER NOS AFFAIRES...
ET D'ALLER TOUS LES TROIS À L'ENDROIT INDIQUÉ SUR LE PLAN.
ELLE A DIT QUE C'ÉTAIT DANGEREUX DE RESTER ICI...
!
ALLEZ-Y SANS MOI !
HEIN ?!
DASH

Chapitre 11
[Les fugitifs 5]

JE VOUDRAIS QUE VOUS RENDIEZ SA LIBERTÉ À MOÉ-SAN.
HAN !
HAHA HAHA !
HÉ HÉ...
HA HA HA !
HI HI HI !

Chapitre 11
[Les fugitifs 5]

À BIENTÔT !
JE VAIS ENCORE ÊTRE EMPORTÉ PAR UN COURANT VIOLENT...
ET JE NE POURRAI BIENTÔT PLUS LUTTER...

SI QUOI QUE CE SOIT ARRIVE À ANNE PAR TA FAUTE...
JE TE TUERAI !
RENTRE-TOI BIEN ÇA DANS LE CRÂNE !
EH BIEN...
VOUS L'AIMEZ VRAIMENT À CE QUE JE VOIS !
EST-CE PARCE QUE C'EST LA FILLE DE LA FEMME QUE VOUS AVEZ AIMÉE ?

OÙ TU VEUX EN VENIR EN MANIPULANT CES GAMINS ?
NE DITES PAS DE BÊTISE, JE NE MANIPULE PERSONNE !
SOYONS AMIS, MOÉ-SAN, EN TANT QU'EX-MEMBRES DE KAKUSEISHA...
JE NE ME SOUVIENS PAS DE T'AVOIR VU DANS L'ORGANISATION, IL Y A DIX ANS...
C'EST VRAI... NOS CHEMINS NE SE SONT JAMAIS CROISÉS !
EN TOUT CAS, QU'EST-CE QU'ILS ONT GRANDI...
CES ENFANTS !
ILS ÉTAIENT SI PETITS !

ENFIN, SI VOUS ÊTES INTÉRESSÉS, VENEZ ME VOIR !
À BIENTÔT !
MAIS... ATTENDS UNE MINUTE, LE VIEUX !
BLAM
IL SE PREND POUR QUI CELUI-LÀ ?!
SANS TUER PERSONNE...
HÉ !

HEIN ?
TAP
JE SUIS EN TRAIN DE VOUS DIRE QU'IL Y A PEUT-ÊTRE UN MOYEN D'EN FINIR AVEC TOUT ÇA SANS TUER PERSONNE.
!

DAM
...
JE REVIENDRAI...
RÉFLÉCHISSEZ BIEN TOUS LES TROIS.
DAM
ATTENDEZ UN PEU...
POURQUOI ON VOUS FERAIT CONFIANCE ?
VOUS CONNAISSEZ NOTRE PLANQUE, ON NE PEUT PAS VOUS LAISSER...
HÉ, ANNE-CHAN...
SI J'AVAIS EU L'INTENTION DE VOUS TUER, JE L'AURAIS DÉJÀ FAIT, N'EST-CE PAS... ?
L'AUTRE JOUR, DANS LA VOITURE, PAR EXEMPLE...
TU VOIS, VOUS N'AVEZ RIEN À CRAINDRE DE MOI !
TAP
TAP
TAP
SI VRAIMENT...
VOUS DÉCIDEZ DE POURSUIVRE VOTRE VENGEANCE, PEUT-ÊTRE QUE...
JE POURRAIS PEUT-ÊTRE VOUS FILER UN COUP DE MAIN...
À UNE CONDITION : QU'IL N'Y AIT PAS DE MORT !

MON PÈRE ?!
CET HOMME...

TON PÈRE AUSSI EST L'UN DES MEMBRES PRINCIPAUX DE L'ORGANISATION...
...
QU... QUOI ?
AH... TU N'ÉTAIS PAS AU COURANT ? ON NE TE L'AVAIT PAS DIT ?
ANNE... ?
J'ALLAIS T'EN PARLER UN JOUR...
MAIS COMME TU ÉTAIS TROP PRÉOCCUPÉ PAR TA MÈRE...
TON PÈRE DEVRAIT ÊTRE ENCORE EN VIE...
IL DIRIGE L'ORGANISATION AVEC LE PÈRE D'ANNE-CHAN.
...

JE...
TOI AUSSI, TU VEUX TUER TON PÈRE ?
!
!
?
MON PÈRE... ?
HEIN ?
QUOI ?

JE VAIS ALLER DROIT AU BUT...
VOUS NE VOULEZ PAS REVIVRE NORMALEMENT DANS LA SOCIÉTÉ...
ET LAISSER TOMBER LE KAKUSEISHA ?!
VOUS ÊTES ENCORE JEUNES, IL N'EST PAS TROP TARD POUR VOUS RACHETER !
JE NE VOUS DEMANDE PAS D'OUBLIER TOUS LES PÉCHÉS QUE VOUS AVEZ COMMIS, MAIS DE CROIRE À UNE RÉDEMPTION !
CE DISCOURS...
...
NE M'INTÉRESSE PAS...
JE VEUX TUER MON PÈRE !
VOUS NE POUVEZ PAS COMPRENDRE...
ILS ONT TUÉ MES PARENTS, JE NE LEUR PARDONNERAI JAMAIS !
ET TOI, YURI ?
HEIN ?

JE NE SUIS QU'UN SIMPLE MESSAGER DE DIEU...
HAHA ! JE PLAISANTE...
SALE VIEUX !
D'ACCORD, JE VAIS TOUT DIRE...
ALLEZ, RANGE ÇA, ANNE-CHAN...
C'EST DAN-GEREUX !
JE FAISAIS AUSSI PARTIE DE L'ORGANISATION, IL Y A ENCORE DIX ANS...
MAIS J'EN AI EU ASSEZ DE TOUS CES ACTES CRIMINELS ET JE SUIS PARTI...
AUJOURD'HUI, J'AIDE DES PERSONNES COMME VOUS... JE SUIS UN PASTEUR...

TIENS ! QUELLE COÏNCIDENCE !
!!
!!
ZOUIP
OH !
VOUS NOUS AVEZ SUIVIS, LE VIEUX...
BLAM
HAHAHA, MAIS NON, MAIS NON...
C'EST UN PUR HASARD !
C'EST QUI, CE MEC ?
CE VIEUX ?
HA HA HA !
HA HA... JE NE SUIS QU'UN SIMPLE PASTEUR...
ÇA SUFFIT LES CONNERIES ! VOUS ÊTES QUI, À LA FIN ?
OH !

BONJOUR !
SMILE
DÉSIREZ-VOUS ACHETER UNE BIBLE ?
?!
AH !
?

!
TU ES BLESSÉ ?
NON...
CE N'EST RIEN.
DAM DAM
EST-CE QU'ILS SONT... ?
?!
FYU
EXCUSEZ-MOI !
SHLAA
OUI ?

DAM DAM DAM
EXCUSEZ-MOI ! Y A QUELQU'UN... ?
...
TIENS... TU ATTENDAIS DE LA VISITE... ?
PASSE PAR LA PORTE DE DERRIÈRE...
S'IL TE PLAÎT.
JE TE RAPPELLERAI...
DAM DAM
Y A QUELQU'UN ?
CETTE VOIX...
MOÉ !
TAP
HEIN ?

ENSUITE...
JE VAIS... DÉFINITIVE-MENT ENTERRER LE PASSÉ...

ALORS, TROUVE-TOI UN AUTRE TOUBIB...
TA GUEULE !
TAKANAMI...
T'ES TROP GENTIL...
POUR UN YAKUZA.
QU'EST-CE QUE TU VAS FAIRE MAIN-TENANT ?
DAM
ON VA PARTIR D'ICI...
ET ENSUITE... ?

IL PARAÎT QU'ILS SE SONT FRITÉS AVEC LA POLICE...
JETTE-LES DEHORS AVANT QUE...
LA POLICE NE REMONTE JUSQU'À NOUS.
NON, JE NE PEUX PAS.
SDOM
BLAAM
BLAAM
JE RISQUE DE ME FAIRE GRILLER MOI AUSSI À CAUSE DE CES GAMINS !

!
NE VIENS PAS, ANNE !
GRRR
HEY !
T'AS L'INTENTION DE CREVER AVEC EUX OU QUOI ?

ÌL FAUT LA TRANS-PORTER... DOUCE-MENT...
O... OK...
SDOM
BLAM
!!
BLAM
MOÉ !
?!
LE SALO-PARD !

C'EST INTERDIT DE FUMER DANS CETTE PIÈCE !
FIXE
FIXE
TA GUEULE !
IL... IL FAIT PEUR...
...
VOILÀ, C'EST FINI.
EMMÈNE-LA DANS LA CHAMBRE DU PREMIER ÉTAGE.
ÇA MARCHE !
JE PEUX TE PARLER ?
OUAIS.
LAISSE-NOUS SEULS, ANNE.
...

HÉ, MOÉ...
C'EST QUOI, CE BORDEL ?!
APPUIE FORT ICI...
O... OK !
PANSEMENT !
AAAH
ALLEZ YURI, VITE !
LE CLIENT L'A FRAPPÉ SANS RAISON, ET...
D'ACCORD... D'ACCORD...
IL A SORTI UN COUTEAU !
HÉ, Y A QUELQU'UN QUI PEUT S'OCCUPER D'ELLE ?
QUI C'EST ?
C'EST LE CHEF DES GARS QUI T'ONT FRAPPÉ.
IL EST PROPRIÉTAIRE DE CET ENDROIT !
PLUS EXACTEMENT, C'EST L'ADJOINT DU CHEF DU CLAN USUBA.

MOÉ !
ON A UNE URGENCE !
OK, J'ARRIVE !

ET JE SUIS À NOUVEAU EMPORTÉ PAR UN COURANT TROP FORT POUR MOI...
TU ES MÉDECIN ?!
ÇA TOMBE BIEN...
MOÉ-SAN... ?
VIENS PAR LÀ, TOI.
!
BLAM
DE TOUTE FAÇON, TU N'AS PLUS LE CHOIX : TU DOIS VIVRE DANS LA CLANDES-TINITÉ...
SI TU ACCEPTES DE BOSSER POUR NOUS, LA FILLE SERA EN SÉCURITÉ.
TU AS DE LA CHANCE, TU SAIS...
TU PEUX ÊTRE RASSURÉ, NOUS ALLONS VEILLER SUR ELLE...

HÉ, LES GARS !
VOUS ALLEZ NOUS CRÉER DES EMMERDES EN TUANT CE TYPE DEVANT NOTRE BUREAU.
TAP TAP
VOYONS...
TAP
TIRONS-NOUS D'ICI !
OOOH !
PLUTÔT BEAU GOSSE...
SI T'AS DES PROBLÈMES, JE PEUX TE TROUVER UN JOB SI TU VEUX ?
ALLEZ, ON L'EMMÈNE AVEC NOUS...

LE VOILÀ !
DESCEN-DEZ-LE !
J'AI TOUJOURS ÉTÉ MAUDIT...
JE ME LAISSE TOUJOURS EMPORTER PAR LE COURANT...
ALLEZ, SALE CON, DONNE-NOUS LA FILLE !
SDOM
SDOM
ET À CHAQUE FOIS, JE ME FAIS AVOIR !

PROMO
PRIX EN BAISS
SONY TÉLÉVISION COULEUR T4
AUJOURD'HUI, VERS 6 HEURES DU MATIN, LES FORCES DE POLICE ONT FAIT UNE DESCENTE DANS LEUR Q.G.
DEUX JOURS APRÈS L'EXPLOSION DE LA BOMBE À L'AÉROPORT DE HANEDA...
UN TERRIBLE MASSACRE A EU LIEU AU SEIN DE L'ORGA-NISATION TERRORISTE SEIRIN...
ET ONT DÉCOUVERT PRÈS D'UNE VINGTAINE DE CORPS D'HOMMES ET DE FEMMES DANS L'AUDITORIUM...
FLOC FLOC
PUTAIN !
ÇA CRAINT...

Chapitre 10
[Les fugitifs 4]

Chapitre 10 [Les fugitifs 4]

SI VOUS AVEZ DES INFORMATIONS, DONNEZ-LES NOUS...
ÇA POURRAIT NOUS AIDER...
BREF... CONTACTEZ-NOUS SI VOUS AVEZ DU NOUVEAU !
À BIENTÔT...
BLAM
...
ELLE EST VENUE POUR ME PRÉVENIR QU'ELLE ALLAIT ME SURVEILLER...

JE SUIS VENUE VOUS VOIR, CAR J'AI EU CONNAISSANCE D'INFORMATIONS SUR VOUS QUI ME PRÉOCCUPENT...
NE RESTEZ PAS LÀ, ENTREZ BOIRE UN THÉ.
M. KUNITA...
DEPUIS L'ATTENTAT, IL PARAÎT QUE VOUS ENQUÊTEZ SUR LE KAKU-SEISHA ?
...
ÇA VOUS POSE UN PROBLÈME ?
JE N'AI PAS L'INTENTION DE VOUS CAUSER DES ENNUIS, VOUS SAVEZ...
NE VOUS MÊLEZ PAS DE CETTE AFFAIRE !
C'EST DANGEREUX.
JE COMPRENDS CE QUE VOUS RESSENTEZ, MAIS RASSUREZ-VOUS, NOUS ALLONS LES ARRÊTER.

AU REVOIR PASTEUR !
À DEMAIN !
AU REVOIR ASKA-CHAN...
À BIENTÔT !
TAP
BONSOIR.
BONSOIR, MADAME LA DÉTECTIVE...
ÇA FAISAIT LONGTEMPS, N'EST-CE PAS ?
VOUS ÊTES DEVENUE COMMISSAIRE, PARAÎT-IL ? FÉLICITATIONS.
JE VOUS REMERCIE ENCORE POUR TOUT CE QUE VOUS AVEZ FAIT POUR MOI À HANEDA.
M. KUNITA...

C'EST UN AVERTISSEMENT DE LA PART DU CLAN USUBA...
HEUREUSEMENT POUR TOI.
ILS N'ONT PAS COGNÉ TROP FORT !
AÏE AÏE AÏE !
MAIS C'EST QUI, CES SALOPARDS ?
CE SONT DES GARS QUI PEUVENT TE FAIRE MAL MÊME SANS ARME !
TAKANAMI EST VENU ME VOIR...
IL T'A À L'ŒIL, ANNE !
TU COMPRENDS CE QUE ÇA SIGNIFIE ?

TU PEUX LE SOIGNER...
MOÉ ?
GAMIN ?
IL MANGE UNE GLACE AU LIEU DE NOUS AIDER !
ENCORE CE GAMIN ?
AÏE... C'EST QUI, CE MEC ?
chuchote
JE N'EN SUIS PAS VRAIMENT SÛR...
MAIS JE CROIS QUE C'EST UN MÉDECIN QU'ANNE CONNAÎT...
C'EST LUI QUI T'A SOIGNÉ L'AUTRE JOUR !
J'ME SOU-VIENS DE RIEN !

HÉ, ÇA VA...
MITSUBA ?
UH...
QU'EST-CE QUI C'EST PASSÉ ?
MITSUBA !

!
C'EST OUVERT ?!
HEIN ?
RECULE, YURI.
BLAM
MITSUBA !

SDOM
!
SDOM

AUTOUR DE L'ENDROIT OÙ LA BONBONNE DE GAZ A EXPLOSÉ, SE TROUVAIENT ESSENTIELLEMENT DES RESTAU-RANTS...
MAIS HEUREUSE-MENT, LE QUARTIER N'ÉTAIT PAS TRÈS FRÉQUENTÉ À CE MOMENT-LÀ...
SELON LES TÉMOINS...
!
DAM
TAIN ! VOUS ÊTES QUI, VOUS ?!

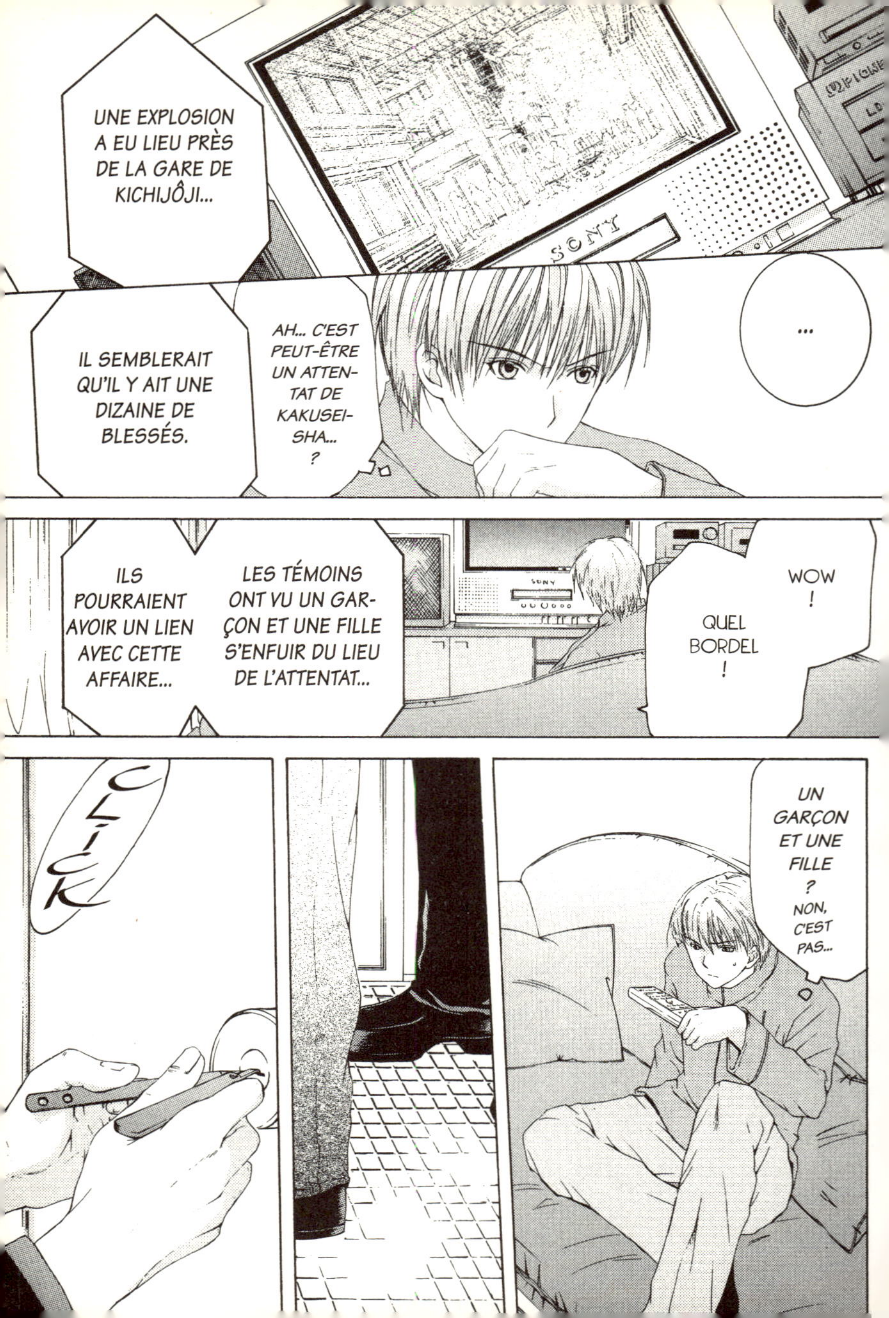
UNE EXPLOSION A EU LIEU PRÈS DE LA GARE DE KICHIJÔJI...
...
AH... C'EST PEUT-ÊTRE UN ATTENTAT DE KAKUSEI-SHA... ?
IL SEMBLERAIT QU'IL Y AIT UNE DIZAINE DE BLESSÉS.
WOW !
QUEL BORDEL !
LES TÉMOINS ONT VU UN GARÇON ET UNE FILLE S'ENFUIR DU LIEU DE L'ATTENTAT...
ILS POURRAIENT AVOIR UN LIEN AVEC CETTE AFFAIRE...
UN GARÇON ET UNE FILLE ? NON, C'EST PAS...
CLICK

ANNE... ?
fyu
ALLEZ... ON Y VA !
C'EST BEAU, LA JEU-NESSE !
HUM..

TAP
...
TAP
TAP
TAP
GRIP
TOC

SI JE DOIS MOURIR, JE VOUDRAIS ÊTRE À TES CÔTÉS !

JE NE VOULAIS PAS MOURIR AVEC MA MÈRE...
MAIS JE N'AI PAS FORCÉMENT ENVIE DE VIVRE NON PLUS...
JE SERAIS INCAPABLE DE DÉTRUI-RE L'ORGA-NISATION...
OU MÊME DE TUER TON PÈRE...
C'EST VRAI, J'AI PEUR...
MAIS JE VEUX ÊTRE AVEC TOI, TOUT SIMPLEMENT.

SOIT ON SE FAIT ARRÊTER ET ON IRA EN PRISON...
SOIT...
LA MORT EST DÉTERMINÉE PAR LA MANIÈRE DONT ON VIT...
TU N'ES PAS OBLIGÉ DE ME SUIVRE, SI TU AS PEUR...
TU ES LIBRE DE PARTIR...

MAIS... QUI C'ÉTAIT, CE TYPE ?!
DÉTERMINERA LA FAÇON DONT ON MOURRA...
COMMENT SOUHAITERAIS-TU MOURIR, ANNE ?
NE TE LAISSE PAS EMBOBINER PAR CE TARÉ !
MAIS ON EST DÉJÀ POURSUIVIS PAR LES FLICS, TU SAIS...

DE TOUTE FAÇON, ON NE PEUT PAS CHANGER LE PASSÉ...
CE QU'IL FAUT, C'EST RÉFLÉCHIR SUR CE QU'ON VA FAIRE...
ET LA MANIÈRE DONT CHACUN VA ORIENTER SA VIE...
DÉTERMINERA LA FAÇON DONT IL MOURRA...
BLAM
BROOOM

Église Évangélique
Pasteur
KUNITA
Musashito - Tokyo
Tél : 047
PA...
PASTEUR ?
DESCENDEZ !
ALLEZ, OUSTE !
HÉ, ATTENDEZ ! JE N'AI PAS TERMINÉ.
ÉCOUTE, DANS CE MONDE IL N'Y A PAS SEULEMENT DES GENTILS ET DES MÉCHANTS...
CERTAINS SONT ENTRE LES DEUX...
ET MON BOULOT, C'EST D'AIDER CES PERSONNES.

MÊME TON PARTENAIRE SEMBLE ÊTRE DE CET AVIS...
EN TOUT CAS, EN TANT QUE PERSONNE IMPLIQUÉE DANS CETTE AFFAIRE, JE SUIS LOIN D'ÊTRE CONVAINCU DE CE QUE VOUS FAITES...
POUVEZ VOUS DESCENDRE ICI ?
J'AI DES CHOSES À FAIRE.
MAIS... QUI ÊTES-VOUS, BON SANG ?!
SI TU VEUX LE SAVOIR, VIENS ME VOIR.
JE VOUS AIDERAI !
TIENS, PRENDS MA CARTE.

QUI ÊTES-VOUS ?
J'AI BIEN FAIT DE BRANCHER LA RADIO SUR LA FRÉQUENCE DES POLICIERS...
GRÂCE À ÇA, J'AI ENFIN PU VOUS RENCONTRER...
IL FAUT QUE VOUS SACHIEZ QUE VOUS N'ÊTES PAS LES SEULS À EN VOULOIR À L'ORGANISATION...
MAIS... CE QUE VOUS FAITES EST COMPLÈTEMENT ABSURDE !
EN BLESSANT DES POLICIERS, ET SURTOUT DES INNO-CENTS...
VOUS NE VALEZ PAS MIEUX QUE CEUX DE KAKUSEISHA !
SI LA VIOLENCE EST LA SEULE RÉPONSE QUE TU AS FACE EUX, ARRÊTE TOUT DE SUITE, ANNE-CHAN !

BROOOM
POURQUOI POURSUIVEZ-VOUS LE KAKUSEISHA, ANNE-CHAN ?
EN FAISANT CELA VOUS NE FAITES QUE GÊNER LES INVESTIGATIONS DE LA POLICE !
TCHAK
DU CALME...
JE NE SUIS PAS VOTRE ENNEMI...
JE SERAIS MÊME PLUTÔT DE VOTRE CÔTÉ... ENFIN, TOUT DÉPEND DE VOUS.

POURQUOI TU DIS UN TRUC PAREIL, YURI ?
JE SUIS DU MÊME AVIS QUE CE JEUNE HOMME, ANNE-CHAN !
!!
FERME-LA, LE VIEUX !
LE VIEUX...
ANNE... JE VEUX JUSTE QUE...
C'EST VRAI...
JE SUIS PEUT-ÊTRE PLUS VIEUX QUE VOUS, MAIS...
...
MAIS VOUS N'ÊTES PAS TOUT SEULS ! DÉCIDÉMENT, VOUS NE PEN-SEZ QU'À VOUS !
TCHAK
ARRÊTEZ DE NOUS COUPER LA PAROLE !

ANNE... ET SI ON ARRÊTAIT ?
BROOM
QUOI ?
SI ON ARRÊTAIT TOUT ÇA ?

AAH !
ÇA M'A FAIT DU BIEN ! ♡
UNE INFORMATION VIENT JUSTE DE TOMBER, UNE EXPLOSION A EU LIEU IL Y A QUELQUES MINUTES DANS LA RUE COMMERÇANTE DE KICHIJÔJI.
IL SEMBLERAIT QU'IL Y AIT UNE DIZAINE DE BLESSÉS.

L'AUTEUR DES NOMBREUSES AGRESSIONS SUR LES PASSANTES A ÉTÉ ARRÊTÉ AUJOURD'HUI...
BROOM
AUTRE INFORMATION...
LES PROCHES DES VICTIMES DE L'ATTENTAT PERPÉTRÉ PAR LA SECTE KAKUSEISHA SE SONT AUJOURD'HUI RÉUNIS...
JE NE LEUR PARDONNER JAMAIS !
POURQUOI ONT-ILS FAIT ÇA ?
JE NE REVERRAI PLUS JAMAIS MON FILS !
BROOM
ENSUITE, DANS L'AFFAIRE DE LA JEUNE LYCÉENNE MORTE SÉQUESTRÉE DANS LE QUARTIER DE HACHIÔJI, LE PRÉSUMÉ COUPABLE A ÉTÉ ARRÊTÉ POUR HOMICIDE INVOLONTAIRE...

Chapitre 9
[Les fugitifs 3]

Chapitre 9 [Les fugitifs 3]

...
DÉSIREZ-VOUS RENTRER MONSIEUR ?
OUAIS...
ALLEZ, DÉMARRE LA VOITURE.
...
HUM... UN MONSTRE...

LA PROCHAINE FOIS, N'HÉSITEZ PAS À LUI TIRER DESSUS !
UUUUH...
PIN PON PIN PON
PIN PON

KRIIII
HÉ !
BLAM BLAM
TOUT VA BIEN ?
ON A APPELÉ UNE AMBULANCE...
TENEZ BON !
DANS QUELLE DIRECTION SONT-ILS PARTIS ?
SHÔNO-CHAN !
JE VOUS AVAIS PRÉVENUE QU'ELLE ÉTAIT DANGEREUSE...
SI VOUS ÊTES ENCORE EN VIE...
C'EST UNIQUEMENT PARCE QU'ELLE ÉTAIT DE BONNE HUMEUR !

AU REVOIR SHÔNO-SAN !
TAP
BLAM
ZBAM
BROOM
TAP TAP

* SUFFIXE HONORIFIQUE QUI VIENT SE PLACER APRÈS LE NOM DE FAMILLE OU LE PRÉNOM D'UN INDIVIDU. IL MARQUE MOINS DE FAMILIARITÉ QUE CHAN.

SHÔNO ?!
MON NOM EST ANNE...
C'EST VOUS QUI DIRIGEZ CETTE OPÉRATION ?
VOUS ÊTES QUI ?
ANNE...
...
JE SUIS LE COMMISSAIRE NISHIKAMA DE LA SÛRETÉ PUBLIQUE, CHARGÉE DE L'AFFAIRE KAKUSEISHA.
ENCHANTÉE, ANNE...
COMBIEN D'OFFICIERS AVEZ-VOUS BLESSÉS POUR OBTENIR CETTE RADIO ?

RÉPONDEZ, BON SANG !
SHÔNO ?!
SHÔNO !
VLA
GLAP

OU WAH !
A... ANNE...
AR... ARRÊTE !
J'AI ENTENDU DES CRIS, COMMISSAIRE !
SHÔ-CHAN, OÙ ÊTES-VOUS ?
RÉPONDEZ !
OFFICIER SHÔNO !
TAP TAP

GYA AAA AA !

ELLE A SOURI... ?
SHLAK
OU WA AAH !
fyu
!!

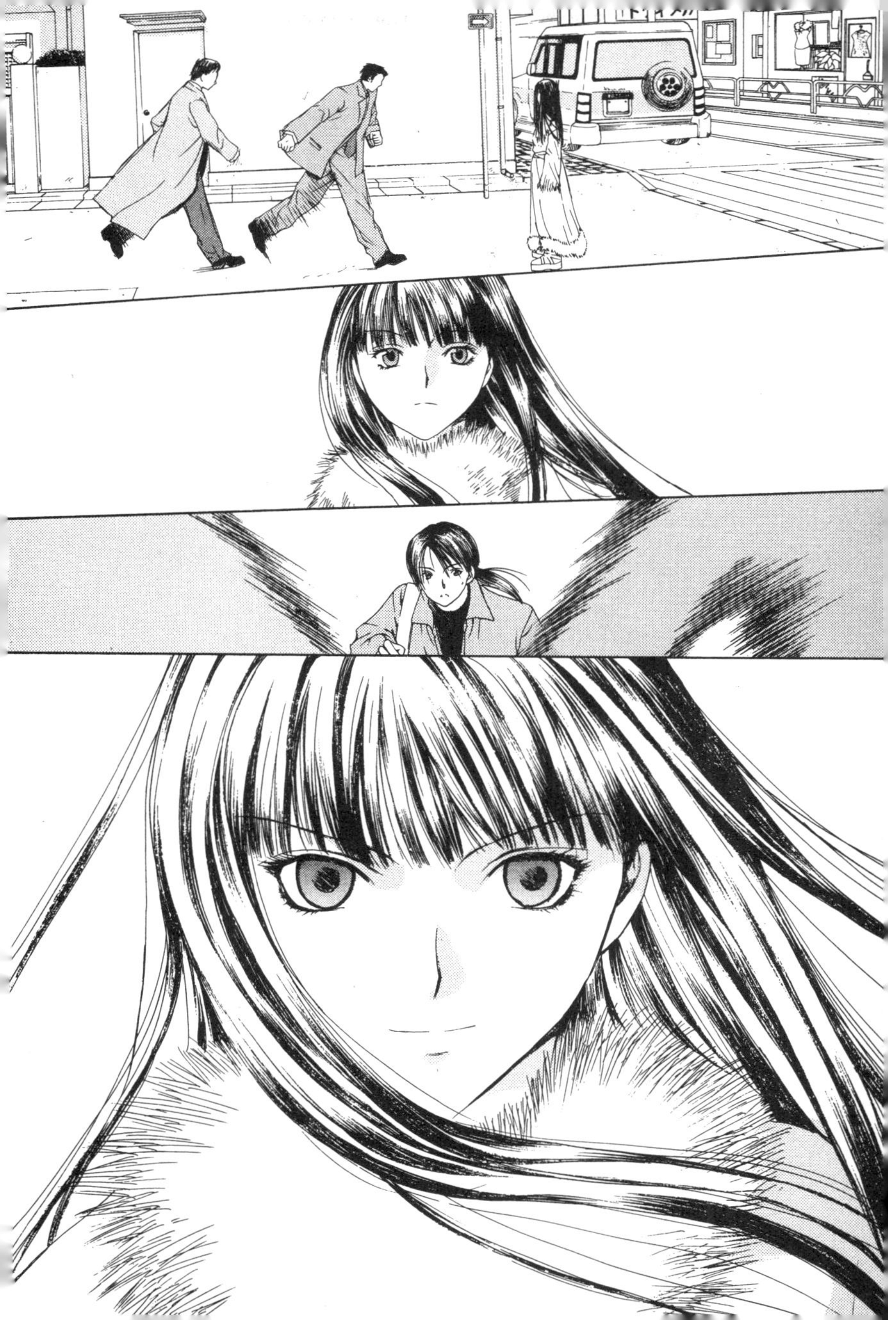

!!
LA FILLE... ELLE EST ICI !
ATTRA-PEZ-LA !
DAAAH
!!

DAM
OUWAH !
YURI, MONTE DERRIÈRE !
TCHAK
!!
NE BOUGE PAS, C'EST PAS UN JOUET !
HEIN ?
TIENS, YURI, PRENDS LE FLINGUE !
QUOIII ?!
ATTENDS-MOI ICI...
MAIS ANNE...
JE N'EN AI PAS POUR LONGTEMPS.

MADE-MOISELLE ! ♡
OÙ ALLEZ-VOUS COMME ÇA ?
QU'EST-CE QUI VOUS ARRIVE ? VOUS VOULEZ MONTER ?
model SHOP
!!
OUI, ON MONTE !
!

* SUFFIXE AJOUTÉ AU PRÉNOM, MARQUANT UNE INTIMITÉ, UNE PROXIMITÉ.

WAAA
IL N'ÉTAIT PAS SEUL, BIEN SÛR...
À TOUTES LES UNITÉS, LES SUSPECTS SONT ARMÉS ! NEUTRALISEZ-LES PAR TOUS LES MOYENS ! IL Y A UN GARÇON ET UNE FILLE !
ET S'ILS OUVRENT LE FEU...

DAAAH
ATTEN-
DEZ
!
DAAAH
VITE,
IL FAUT
LES SEMER.
D'A...
D'ACCORD.
GRIP

GRIP
YURI !
SECOUE-TOI !
ET COURS !
ANNE...

WAAAH
ÉLOIGNEZ-VOUS !
UNE EXPLOSION ?!
KYAAA !
AAAAH
WOUAH !
WAAAAAH
KYA AAA !
COUREZ !
BAAAH
AAAH !
POUSSEZ-VOUS !
MAIS...
DADAAAH

BOOOM
KYAAAAAAAA!
WOUAAH!

ELLE PREND DU PLAISIR À TUER LES GENS...
RIEN NI PERSONNE NE PEUT L'ARRÊTER !
gaz gaz
KIREN

ANNE EST LA FILLE QUE J'AI EMMENÉE AVEC MOI...
LORSQUE JE ME SUIS ENFUI DE L'OR-GANISATION...
DEPUIS, VOTRE CLAN NOUS A ACCUEILLIS...
ET VOUS NOUS AVEZ PROTÉGÉS...
JE VOUS EN SUIS REDEVABLE, MAIS...
CETTE FILLE EST UN MONSTRE.

MAIS JE NE VEUX PAS PAR-TIR...
JE VEUX FÊTER NOËL...
AVEC ANNE ET MITSUBA...
JE N'AI PAS ENVIE DE PARTIR.

JE SAVAIS QUE CE JOUR ARRIVERAIT TÔT OU TARD...
JE NE PEUX PAS FUIR ÉTERNEL-LEMENT... OUI, ÇA NE POUVAIT PAS DURER...
YURI ? ÇA VA ?
MA-MAN...
TU ES VENUE ME CHERCHER...

サンロード
YURI KITAGAWA JE PRÉSUME. JE ME PRÉSENTE, JE SUIS L'OFFICIER SHÔNO DE LA BRIGADE DE PROTECTION DES MINEURS...
TU VEUX BIEN NOUS SUIVRE ?

DAM
AH... TU ES AU COURANT POUR LES GARÇONS...
ÉVIDEMMENT...
TU ES NOTRE MÉDECIN...
JE CONNAIS TOUS TES FAITS ET GESTES...
TU SAIS QUE TA P'TITE PRINCESSE A FAIT BEAUCOUP DE DÉGÂTS, DERNIÈREMENT, ET QU'ELLE S'EST FAIT AUSSI DES ALLIÉS !
SI LES AUTORITÉS DÉCOUVRENT OÙ ILS SE CACHENT...
ILS VONT REMONTER JUSQU'À NOUS.
JE COMPRENDS QU'ELLE VEUILLE SE VENGER, MAIS...
FLINGUER TOUT LE MONDE, JE TE JURE...
IL LUI MANQUE UNE CASE À CETTE FILLE... TU NE PEUX PAS LA RAISONNER ?

CE N'EST PAS POUR MOURIR QUE JE FAIS ÇA...
BEN ALORS, ARRÊTE !
C'EST VRAIMENT MALSAIN !
TCHAC
TIENS, C'EST TA PAYE !
JE TE LA LAISSE, LÀ...
MERCI BEAUCOUP, TAKANAMI, MAIS...
TU AS PRIS DU GRADE, PAS VRAI ? T'AURAIS PU M'ENVOYER UN DE TES HOMMES...
DAM
FERME-LA SI TU VEUX PAS QUE JE T'EN COLLE UNE !
AU FAIT, COMMENT VONT LES JEUNES ?
!

MOÉ...
PUTAIN, C'EST PAS VRAI...
DAM
SHAAAA
ARRÊTE AVEC TES CONNERIES ! POURQUOI TU FAIS ÇA... ?
...
CLIC
TU SAIS BIEN QUE TU NE PEUX PAS EN CREVER...
TU ES MÉDECIN QUAND MÊME !

Chapitre 8
[Les fugitifs 2]

Chapitre 8 [Les fugitifs 2]
OH HÉ !
MOÉ, JE PEUX ENTRER ?!
HÉ, T'ES SOUS LA DOUCHE ?
SHAAA
SHAAA
SHAAA
HÉ !

YURI KITAGAWA, JE PRÉSUME...
JE ME PRÉSENTE, JE SUIS L'OFFICIER SHÔNO DE LA BRIGADE DE PROTECTION DES MINEURS...
TU VEUX BIEN NOUS SUIVRE, S'IL TE PLAÎT ?

EXCUSEZ-M...
ÎLS SONT LÀ POURQUOI, EUX... ?
CHAIS PAS...
YURI !

MERCI, MONSIEUR !
WIIIN
?
ANNE... ?
BROUHAHA
MAIS OÙ EST-ELLE ?
ALLEZ-Y ! CERNEZ-LE !
AH ! LA VOILÀ...
WOW...
BLAM

BROOOOM
ÊTES-VOUS MARIÉE, COMMISSAIRE ?
NON...
ET JE N'AI PAS D'ENFANT NON PLUS...
VOUS, VOUS AVEZ UN ENFANT DE 10 ANS, PARAÎT-IL... FAITES EN SORTE QU'IL NE SE RETROUVE PAS TOUJOURS TOUT SEUL...
COMME TOUS CES ENFANTS LIVRÉS À EUX-MÊMES...
LES ENFANTS DE POLICIERS TOURNENT SOUVENT MAL...
EN TOUT CAS, CEUX QU'ON VA ARRÊTER SONT DES DANGEREUX CRIMINELS...
ET IL FAUT LES CONSIDÉRER EN TANT QUE TELS...
POUR MOI, CE SONT AVANT TOUT DES ENFANTS !
PEUT-ÊTRE... MAIS ILS SONT TRÈS DANGEREUX !
BROOOM
CE SONT NÉANMOINS DES ENFANTS !

...
MiAM MiAM
Takoyaki
Takoyaki
OH, KOMINATO ! MERCI DE M'AVOIR REMPLACÉE...
JE SUIS AVEC L'OFFICIER SHÔNO DANS UN MAGASIN DE TAKOYAKI QUI SE TROUVE À MITAKA.
HÉHÉ...
BONJOUR, BIENVENUE !
MAIS CE N'EST PAS LE MOMENT DE MANGER !
ON A LOCALISÉ YURI KITAGAWA !
...
OÙ ÇA... ?
DANS UNE PÂTISSERIE DEVANT LA GARE DE KICHIJÔJI ET IL EST SEUL !
JE NE SUIS PAS LOIN ! J'Y VAIS TOUT DE SUITE !
DASH
DAM
!!
MAIS COMMISSAIRE...
DONNEZ-NOUS DES INSTRUCTIONS !
ENVOYEZ TOUS LES HOMMES LÀ-BAS, MAIS ATTENDEZ MON ARRIVÉE AVANT D'INTERVENIR...
NE LE LÂCHEZ PAS D'UNE SEMELLE !

* QUARTIER ÉTUDIANT À L'OUEST DE TOKYO.

ATTENDS, JE VAIS QUAND MÊME EN RÉSERVER UN...
!
J'TE DIS QUE C'EST PAS LA PEINE !
IDIOT !
VA VOIR LES AUTRES BOUTIQUES EN ATTENDANT.
ON SE RETROUVE ICI...
WIIIN
ANNE AVAIT TOUJOURS L'AIR JOYEUSE LORSQU'ON DÎNAIT TOUS LES TROIS.
IDIOT !
ELLE DISAIT AUSSI QU'ELLE AIMAIT LES ENFANTS.
C'EST VRAI QU'ELLE EST DANGEREUSE...
JE VOUDRAIS COMMANDER UN GÂTEAU DE NOËL...
MAIS C'EST PARCE QU'ELLE A DÛ SE SENTIR SEULE PENDANT TOUTES CES ANNÉES...
BONJOUR, MONSIEUR !
APRÈS TOUT, ELLE N'A QUE 16 ANS !
Peuh
PFF FF...

QUOI ?
!
QU... QU'EST-CE QUE TU RACONTES... ?
DIS PAS DE CONNERIES ! C'EST N'IMPORTE QUOI !
ROUGE
NORMAL... ELLE A TOUJOURS ÉTÉ SEULE...
DEPUIS L'ÂGE DE SIX ANS...
ALLEZ, VIENS !
ROUGE

TU N'AS PAS DE PETIT AMI, ANNE ?
BAH NON !
TU ME CHERCHES OU QUOI ?!
J'AI TOUJOURS ÉTÉ SEULE...
DEPUIS L'ÂGE DE 6 ANS...
ET DEPUIS, LES ANCIENS DE LA SECTE ME POURSUIVENT POUR ME TUER.
TOUJOURS ÉTÉ SEULE...
OH QUE C'EST MIGNON !
POURQUOI NE PAS ACHETER CE GÂTEAU DE NOËL ?
QU'EST-CE QUE TU EN PENSES, MIHO ?
OH OUI, MAMAN !
C'EST VRAI QUE C'EST MIGNON !
hein ?!
TROP DE DÉCO, ÇA FAIT TROP FÊTE !
BEN, JUSTEMENT ! ACHETONS-LE...
ON POURRA FAIRE LA FÊTE À TROIS !

NOËL DE MEEE-EERDE !
JE CROIS QU'ELLE N'EST PAS PRÈS DE SE LEVER...
MOUAIS.
EMMÈNE-LA FAIRE DU SHOPPING !
JE RESTE LÀ, TU PEUX COMPTER SUR MOI.
FSH
ÇA LUI FERA DU BIEN DE PRENDRE L'AIR.
ET ACHÈTE-LUI UN PETIT TRUC SI TU AS DE L'ARGENT !
ÇA MARCHE COMME ÇA, LES FILLES...
IL SUFFIT DE LEUR FAIRE UN CADEAU QUI LEUR PLAISE ET ELLES SONT CONTENTES !
SMILE
EUH... D'ACCORD.
AAAH !
AAARGH ! TOUS CES COUPLES, CES FAMILLES...
ON N'EST QU'AU MOIS DE NOVEMBRE, BON SANG !
JE VAIS TOUS LES MASSACRER ! AAAH !

AAA AAR RGH !
JE NE LE TROUVE PAS...
JE NE SAIS PAS OÙ SE CACHE MON PÈEERE !
MAIS CALME-TOI, ANNE !
ÇA M'OP-PRES-SE...
J'AI LES NERFS À VIF !
AA AA AH !
EN PLUS, C'EST BIENTÔT NOËL !
ET JE DÉDESTE NOËL...
MAIS QU'EST-CE QU'ELLE A ?
ELLE DÉPRIME, C'EST TOUT...
ÇA SE VOIT, NON... ?
D'UN CÔTÉ, JE LA COM-PRENDS, LES GARS DE KAKUSEI-SHA N'ONT LAISSÉ AUCUN INDICE.
ON SAIT QUE DALLE SUR LES AUTRES PLANQUES, ON SE RETROUVE À LA CASE DÉPART !
FOUILLE

C'EST À NOUS, ADULTES, DE LES GUIDER...
DE LEUR APPRENDRE À CONTRÔLER LEURS PULSIONS.
À BIENTÔT, CHEF...
EXCUSEZ-MOI...
CRIIK
BIENVENUE, OFFICIER SHÔNO !
BONJOUR, COMMISSAIRE !
IL EST DE MON DEVOIR DE LES ARRÊTER !

JE NE SUIS PAS TRÈS À L'AISE QUAND JE JOUE À CE GENRE DE JEU... JE CULPABILISE...
BANG BANG BANG BANG
COMMENT DES ADOLESCENTS DE 15, 16 ANS PEUVENT EN VENIR À TUER SEIZE PERSONNES... ?
DIS-MOI, MA-KUN...
ÇA NE TE FAIT RIEN DE TUER CES ZOMBIES ?
MAIS NON, MAMAN !
CE SONT DES MÉCHANTS QUI MANGENT LES HUMAINS !
SI JE NE LES TUE PAS, ILS VONT ME DÉVORER !
ET TU ÉPROUVES DU PLAISIR ?
OUI !
J'ADORE CES JEUX-LÀ !
SI ON NE LEUR DONNE PAS DE LIMITES LES ENFANTS SONT GUIDÉS PAR LEUR INSTINCT...
SEIZE VICTIMES...
ET C'EST NORMAL QU'ILS AIENT NATURELLEMENT DES PULSIONS VIOLENTES...

JE SUIS RENTRÉE !
MAIS... C'EST QUOI CE DÉSORDRE ?
BANG BANG
SALUT, MAMAN !
BANG BANG
TON PÈRE N'EST PAS ENCORE RENTRÉ ?
IL A REÇU UN APPEL URGENT ET IL EST PARTI !
YEAAH !
CRÈVE !
SDOM SDOM
TU T'AMUSES BIEN ON DIRAIT...
TU VIENS JOUER AVEC MOI, MAMAN ?
D'ACCORD !
IL FAUT VISER LA TÊTE DES ZOMBIES !
BAM
BANG

ILS ONT MAINTENANT ENTRE 15 ET 16 ANS...
ET ILS SONT TOUS LES TROIS RÉUNIS...
ILS COMPTENT ANÉANTIR L'ORGANISATION ET AGISSENT DANS LA CLAN-DESTINITÉ.
ILS SONT CERTAINEMENT IMPLIQUÉS DANS LES MEURTRES QUI ONT EU LIEU IL Y A QUELQUES JOURS.
SEIZE MEMBRES DE L'ORGANISATION ONT DÉJÀ ÉTÉ ASSASSINÉS.
ET NOTRE MISSION CONSISTE...
À NEUTRALISER CES TROIS ADOS ET LES RAMENER SAINS ET SAUFS.

C'EST ÇA !
C'EST QUI ?
C'EST UNE PHOTO DE L'ORGANISATION AVANT LA SCISSION, ELLE A ÉTÉ PRISE IL Y A DIX ANS.
ET PARMI EUX, IL Y A LES PRINCIPAUX DIRIGEANTS DE LA SECTE.
ILS ONT TOUS ÉTÉ MASSACRÉS LORS DU CONFLIT INTERNE...
MAIS CERTAINS ONT SURVÉCU...
ELLE...
LUI...
ET LUI...
...
JUSQU'À IL Y A QUELQUES JOURS, ON PENSAIT QU'ILS AVAIENT EUX AUSSI ÉTÉ TUÉS...

* BOULETTES DE POULPE PANÉES GRILLÉES QUE L'ON MANGE AVEC DE LA SAUCE SOJA.

DANS LE PASSÉ, LES JEUNES DÉLINQUANTS...
SE RÉVOLTAIENT CONTRE LES PARENTS ET LES PROFESSEURS...
ET ON TROUVAIT LÉGITIME QU'ILS EXPRIMENT LEUR DÉCEPTION À L'ÉGARD DES ADULTES QUI NE LEUR OFFRAIENT PAS L'AVENIR QU'ILS DÉSIRAIENT...
MAIS, AUJOURD'HUI, COMME C'EST LE CAS POUR LE JEUNE HOMME QUE NOUS VENONS D'ARRÊTER...
LES MINEURS QUI COMMETTENT DES CRIMES SONT DES ENFANTS OBÉISSANTS QUI SE PLIENT FACE À LEURS PARENTS ET LA SOCIÉTÉ.
ALORS, FORCÉMENT, ILS ACCUMULENT DU STRESS ET ILS CRAQUENT...
KOMINATO, RESSERS-MOI DU THÉ S'IL TE PLAÎT !
...
TOUT DE SUITE...
AH DÉSOLÉE...
J'AVAIS UNE PETITE FAIM...
VOUS DISIEZ... ?
VOUS EN VOULEZ ?
NON MERCI !
EUH... RIEN DU TOUT !
...
DITES-MOI POURQUOI JE DOIS COOPÉRER AVEC VOTRE DÉPARTEMENT ?

JE SUIS LE COMMISSAIRE NISHIKAMA DU DÉPARTEMENT DE LA SÛRETÉ PUBLIQUE.
J'AI BESOIN DE VOTRE COOPÉRATION...

ARRÊTEZ-LE !
ALLEZ
VOUS N'AVEZ PLUS RIEN À CRAIN-DRE !
ME... MERCI.
LES SECOURS NE VONT PAS TARDER !
TAP
TAP
OFFICIER SHÔNO DE LA BRIGADE DE PROTECTION DES MINEURS ?

VLAM
!
SDOM

KRIII
NOUS SOMMES EN DIRECT DE SHIBUYA...
OÙ LE PRÉSUMÉ COUPABLE DES AGRESSIONS SUR LES PASSANTES A PRIS UN OTAGE.
SEPT AGRESSIONS ONT DÉJÀ EU LIEU DANS LA CAPITALE, LES VICTIMES SONT TOUTES DES FEMMES...
ET CE JEUNE ADOLESCENT, A PRIS UN OTAGE POUR TENTER D'ÉCHAPPER AUX FORCES DE POLICE...
HÉ TOI, ESPÈCE D'ENFOIRÉ, ARRÊTE DE FILMER !
DASH
BAISSEZ-VOUS !

TU PEUX TOUJOURS RÉPARER TES ERREURS...
TA GUEULE, J'TE DIS !
JE VAIS LA BUTER !
AAH...
TCHAK
TCHAK
BAISSEZ VOS ARMES !
CE N'EST QU'UN GAMIN, BON SANG !
HUM...

RELÂCHE CETTE JEUNE FEMME !
ES-TU CONSCIENT DE LA GRAVITÉ DE TES ACTES ?
KRIIII
BAM
ALLEZ, RENDS-TOI !
TA GUEULE !
C'EST ELLE... ?
OUI, COMMIS-SAIRE...
JE SAIS TOUT SUR TOI, JE CONNAIS TA SITUATION FAMILIALE ET JE COMPATIS...
MAIS ÇA NE TE LAISSE PAS LE DROIT DE T'EN PRENDRE À DES GENS INNOCENTS, TU COM-PRENDS ?

J'ESSAYE DE NE PAS TROP RÉFLÉCHIR AU POIDS DE MA CULPABILITÉ...
À L'IDENTITÉ DES HOMMES MASQUÉS...
QU'ANNE A ASSAS-SINÉS...
À NOTRE AVENIR...
CE QU'ON VA DEVENIR...

*VOIR ANNE FREA

...
LA FERME ! TU M'EMPÊCHES DE DORMIR !
SHIII
C'EST QUOI, CE RÊVE ? ÇA CRAINT !
COUIC
T'ES ZARB, COMME MEC...
OUAIS...
PEUT-ÊTRE QUE TU TE SENS COUPABLE...
D'AIDER ANNE ?

MI...
MIT-SUBA !
Quoi ?!
BAM

ANNE...
TU L'AS TUÉ... ? LUI AUSSI ?
TAC

ドイッチ

NOUS AVONS TOUJOURS ÉTÉ PERSÉCUTÉS, MENACÉS...
LE GOUVERNEMENT, LES FORCES DE L'ORDRE, LES CITOYENS, TOUS NOUS CONSIDÉRAIENT COMME DES ENNEMIS...
GRHOOO
TAP
L'HEURE EST VENUE DE NOUS VENGER !

Résumé et Personnages

Alors qu'il est en train de tuer sa mère, Yuri, un jeune lycéen, s'aperçoit qu'une jeune fille mystérieuse l'observe. Elle s'appelle Anne, c'est une meurtrière sans foi ni loi qui exécute froidement ses crimes. Yuri, en perte de contact avec la réalité, va arrêter l'école et se joindre à elle pour l'aider à tuer son père. Dans le même temps, Anne rencontre Mitsuba, un jeune adolescent de Kyoto. Son père et sa sœur ont été assassinés par des hommes appartenant à une étrange organisation extrémiste, mais lui sera sauvé par Anne. Il jure alors de venger son père et sa sœur et accepte aussi de suivre la jeune fille. Ainsi, commence une vie commune périlleuse pour ces trois adolescents égarés...

■ Anne

Cette jeune fille jolie et mystérieuse est en fait une psychopate qui tue les gens de sang-froid. Elle a assisté au crime de Yuri et l'entraîne avec elle dans le but d'éliminer son père qui semble lié à une organisation terroriste dont Anne faisait également partie.

■ Yuri Kitagawa

Il a assassiné sa mère, mais loin d'être libéré de ses actes, il est constamment hanté par le spectre de sa mère. Séduit par le charme envoûtant d'Anne, il accepte de l'aider à tuer son père. C'est un adolescent d'un naturel calme et insouciant.

■ Mitsuba Maezono

Mitsuba rejoint Anne après que l'organisation a tué son père et sa sœur. Les personnes qu'il croyait être sa famille sont, en réalité, des ex-membres de l'organisation qui l'ont enlevé avant de fuir. D'un tempérament plutôt honnête, il est aussi impulsif et ne rechigne pas à se battre.

■ Nishikama

Cette femme énigmatique est le commissaire principal du département de la Sûreté publique chargée de l'affaire.

Anne•Freaks [2]

SOMMAIRE

Anne • Freaks

[2] Yua Kotegawa

Chapitre 7
[Les fugitifs 1]

J'ÉTAIS SOUVENT TROUBLÉ PAR LE SOUVENIR DE MA MÈRE...
J'ÉTAIS AVEC ANNE, ELLE ME DISAIT CE QUE J'AVAIS À FAIRE ET CELA ME CONVENAIT...
MAIS À PART ÇA, TOUT ALLAIT PLUTÔT BIEN...
LORSQU'ELLE ÉTAIT CONTENTE DE MOI, ELLE ME SOURIAIT...